句集

冬北斗

大塚通子

文學の森

序

通子さんはひと口に言って大らかな優しい科学者であり、控えめな麗しい俳人である。通子さんの出自は薬学・医学の分野で活躍されたお家柄でお父上は戦前より徳島県庁の近くで薬局を経営して居られ、俳号を宮本白遠と号され、松瀬青々門下の雄として徳島俳壇の草分け的結社「松苗社」を宮下歌梯と共に立ち上げた俳人であられた。

爽やかに鷹来てとまる窓の杉　　白遠　昭和二十三年

下り行き上り汽車くる夏野かな　　白遠　昭和二十三年

ご子息達が誰もお父上の俳句に興味を示されない中、このたび通子さんが『冬北斗』を上梓され、天上の父上様もきっと微苦笑されて喜んでいられる事と思う。通子さんは徳島大学薬学部卒業後、副手として後、助手として十余年間研究勤務して居たがご主人の医院開業に際し、官を辞し医院を支え、地域医療の為にご主人共々貢献し、三十有余年ご主人が身罷られるまで頑張って来られたのである。

それからが俳句との関わりの一ページになったのだ。開設間もない徳島市「ふれあい健康館」の句会の門を敲かれたのが初めての出合いであった。美しい姉上様と一緒に机を並べて居る姿を姉妹って良いなあと眺めていたものである。スタート当初より独特な品格ある作品を発表し、それを豊富な語彙で表現、句友を驚かせていたものであった。俳句に携わった歴史は十年余りだが素晴しい俳句的土壌に育まれていた分プラス何十年かがあるのかも。

先ず景の切り取り方の顕著な作品として

峠より青嶺のつつむ村ひとつ

夏の月未完の橋の上あたり

日は底へ銀鱗かへす夏の川
流れ藻の奔流にのる溝浚へ
二拍子のリズム遠くに簾捲く
寒林にましらの声の鋭き移り
冴返る使はぬ部屋のいつも九時

「峠より」「夏の月」「夏の川」は詠もうとしている主題「さあこれを詠んでみよう」と対象物を凝視している作者の姿がある。四国徳島は一歩出れば美しい山があり、海も川も美味しい水も豊かで句材には事欠かない。「溝浚へ」は田植期を前に集落総出で地域の小川をいっせいに清掃し水の流れを支障なくする恒例の行事だ。説明を要しない適確な措辞で構成されている。「二拍子のリズム」は阿波おどりのお囃子を指す。阿波おどりと言わず二拍子と叙すは適確な表現だ。そして主題から耳を離さず風雅に簾を捲いている。街中を離れた音の響きを叙した趣のある作品だ。「寒林」の作品も少し人里を離れると猿の親子を見かけることがある。この作品では猿の「キキーッ」と警戒する声だけを寒林に登場させ景を強く表現している。良く五感を効かせた作品だ。「使はぬ部屋」の止まったままの時計に進歩していないのじゃ無いかと時々自省する己の心を重ね、作品にしたのだと理解。

詩情溢れる作品として

　早春の匂ひは闇の湿りにも
　椿見る我に小さき乱気流
　薄ら日をとらへて返す青蜜柑
　小鳥来る和毛二三のまろぶ庭

「早春の匂ひ」は身ほとりの闇の中に沈潜された微妙に揺れる湿った気分、山気など張り詰めた早春への期待感を闇の湿りで表現。「椿見る」はそれぞれに自己を精一杯に表現している椿にわずかではあるが、妬心に似た戸惑いが「乱気流」の発見につながった。「青蜜柑」「和毛《にこげ》」共目線は常に低く、深層部にある科学者としての詩的な観察眼で捉えている。

繊細な感性的描写

野遊びの児の髪にある日の匂ひ
死は黒の折紙に似て蚊喰鳥
白鳥の今着きたりと揺るる沼
そこにだけ風あるやうに小鳥ゐる
ついて来いとて花虻のホバリング
眉山の晩夏の蒼に染まり歩す

「野遊び」の髪や日向に干したシーツ等には明るい太陽の匂いを実感する。「死は黒の折紙」と不気味な「蚊喰鳥」とを連動させた感性。「こうもり」の飛び方にも似て人間の死の軌跡は想定外の出来事だ。「花虻のホバリング」は翅だけ動かせて空中停止の状態を叙す。少しこの儘で待つ。要を得た措辞の羅列を見る思い。

旅にて（北海道）

調教のまづトロットに露の朝

母馬の乳にすがる仔も秋の景
父祖の地は淡路と言へり夜長人
重賞の馬の余生や今年藁
きつつきよ岬は奈落の日本海

藍碧賞応募作品の充実した迫力ある二十句の中から選ぶ。どの作品も集中した描写力の結集に北海道を再現する。

追慕句より

抽斗に湿る手花火遺さるる
苔の花夫のルーペを取り出だす
灯を入れてなほためらへる魂送り
奔流に乗らぬ夫なり流灯会
二人で見いつか一人に冬北斗

「抽斗に湿る手花火」も幸せとかなしびを綯い交ぜにした実感であり「夫

のルーペ」も身近な遺品である。「灯を入れて」流れの川波に降ろそうとしているのに決心がつかない儘、河原に時間ばかりが過ぎてゆく。「奔流に乗らぬ」夫の流灯に妻としての「逝きたがらない夫が未練を持っていて呉れる嬉しさ、早く行かないと遅れますよ」という妻としての心遣いがじんとくる。

現在は独りで見る「冬北斗」、一人息子さんを立派なお医者さまに育て上げた通子さんでも冬北斗を見るともう駄目なのだ。

爛漫の法花谷吟行を企画して

宝　塔　は　武　者　の　魂　花　の　乱

庵　の　屋　根　し　だ　れ　て　余　る　桜　か　な

作者の近くの花の名所、法花谷地区の旧蹟を隈なく見させて頂いた。「宝塔は武者の魂」の作品は鎌倉時代に建立されたと言われる法華寺の経緯を事こまやかに説明しながら案内して呉れた。天正十二年土佐の長宗我部元親の兵火に遭い廃寺となったが霊験あらたかな宝塔（経塚）は、村人に手厚く祀られて現在に至っている。桜は死者の魂とか言われるが、合戦の激しかった桜の地に立ってこの句が授かったのだ。「花の乱」は歴史を知らないでは浮かばない措辞だ。「庵の屋根」は将に言い尽くされている。しだれ桜を潜って庵へと先導、見頃の桜を満喫、道の辺の六地蔵、辻の不動明王、薬師尊、石積の祠、山の神への坂道へと立ち止まっては桜を眺め眺め案内して下さった。

見つくしてなほ残心の花の山

即興の吟行句でこの研ぎ澄まされた詩魂。通子俳句のすべてを鑑賞出来て余る作品である。益々のご研鑽を期待し、高揚された格調ある詩境を継続され次句集に着手されんことを希って止まない。

平成二十七年葉月

船越淑子

句集　冬北斗／目次

装丁　三宅政吉

句集　冬北斗

島唄

平成十七年～二十年

猫の名を残る寒さの闇に呼ぶ

恋猫の家出と知らで憂ふる子

不覚にも見落してゐし蕗の薹

梅蕾む昨夜の雫の包まれて

青石の一枚が橋梅屋敷

杉山のすでに花粉を溜めし色

庭下駄にゐて下駄の色初蛙

門灯の届くあたりの花おぼろ

一水へまた竹林へ青嵐

ぼうたんの一花くづれもなき寺苑

六歳の私と父の蛍籠
蛍一頭逃がしてしまふログハウス

かはほりやもう山稜のむらさきに
峠より青嶺のつつむ村ひとつ

旅籠屋の吉野建なる谷若葉

風にのる未明の杜の青葉木菟

山なみの風車へ崩る雲の峰

名の滝の糸となりたる風自在

夏草を摑みて辿る急斜面
ひとつだに廻らぬ風車日の盛

熟寝へといざなふ母の手に団扇

阿波に生れ団扇あやつる男振り

水源へ辿り着けない滝八つ

抽斗に湿る手花火遺さるる

接岸の巨大空母に淡き海霧

熔岩の台地不毛の大夏野

北国やアカシアの花降りに降る

藻の花に雨のはげしき水輪かな

かなかなや残照岩に移り行く

川べりに鴨の一陣来し気配

海凪げり明石の浦の霧ごめに
星飛ぶはたまたま開けし仮寝の戸

灯を入れてなほためらへる魂送り

空耳か夫に言問ふ秋の雨

とどけかし沖に魂呼ぶ盆踊

体操の始まつてゐる芝の露

畳なはる杉山ごとの霧動く
素手をもて熱ある墓を洗ひけり

野萩咲く祠の破風に卍紋

在祭潮に鍛へし伊勢音頭

杉の秀を月の離るる速さかな

波音のかすかな小径やつこ草

黄落のポプラ実験室の窓

二の鳥居まではまなか七五三

逆縁にふれず一献冬座敷

ささやかな落葉焚きなと許されよ

同宿の蒲団に座して一行詩

沖縄にて　九句

黒潮の潮目太くに那覇の冬

本土から来たのと問はれ冬の浜

蛇皮線の男着流し冬に入る

島唄や男は粋に足袋白き

島唄の恋秘めて舞ふ赤い足袋

四つ竹や終に浮かれし冬座敷

禊せし泉涸れたる御岳かな

ガジュマルの月日重ねし壕の冬

行けど基地フェンスに咲ける帰り花

畦よぎる鼬の美しき身のうねり

炉火囲み代返のこと恋のこと

山は陽をふところに溜め寒椿

指をかむ枯蟷螂の三角眼

渓音や水は落葉をくぐり来て

広前は霜の朝よ笙の笛

丈六仏

平成二十一年

芽組みそむ吉野の淵の深みどり

春灯やかろき吉野の杉の箸

荒ぶ日の公方三代墓所の梅

一族は大河のほとり梅の寺

椿見る我に小さき乱気流

里日和まづ春塵の竿を拭く

響もして浜は一里の磯祭

若布刈舟操るによき簱の幅

野遊びの児の髪にある日の匂ひ

掃き寄せて雨の重さの桜蕊

門川に夜も水音夏来たる
かはほりを屋根の暮色に見失ふ

夏の月未完の橋の上あたり

日は底へ銀鱗かへす夏の川

隻眼におはす仁王やほととぎす

夏霧の大河眼下に鐘を撞く

神馬にも飼葉桶ある木下闇

清しさは青田の夜気に触るる時

絵扇の尉舞ひ納む式三番

湯の郷や真昼の沢の河鹿笛

多作多捨説く先人や夜の秋

秋昏き丈六仏を拝しけり

風の盆　四句

幾千を灯し八尾は月の夜

男声佳き八尾の町の月まどか

たをやめの反り身美し風の盆

おわら祭まねて諸手を八の字に

白川郷　四句

林道の右は奈落よ霧走る

窓の霧白川郷の雨となる

古小屋も合掌造り秋の草

切岸に崩落のあと櫨紅葉

雨音や熱き秋刀魚を児にほぐす

人待たば夜気ひしひしと十三夜

漁火のよぎる速さよ月の海

十六夜にかがよふ波のみぎはまで

僧堂の玉砂利に踏む菩提の実

竹藪の伐りあとの鋭き初時雨

白鳥の今着きたりと揺るる沼

湖畔はや灯し初めたる冬夕焼

高千穂　二句

男神なべて厳めし里神楽

神がみの所作おほどかに里神楽

海風の芝の起伏に来て寒し

かはらけに残る金箔手套ぬぐ

深更や雨の霙にかはる音

和《にこ》毛《げ》

平成二十二年〜二十三年

久女伝繙く夜夜や松の内

新しき暦に替へて旅に出る

買初めの中に親鸞上下巻

水音も底ひの魚も春動く

暗雲の広がりの疾しぼたん雪

梅月夜深く鎖されし屋敷町

髪に掌に名残の雪と思ひたる

背戸を吹く風の緩びに蕗の薹

啓蟄や水輪生れつぐ潦
夢語る閑すら持たず卒業す

羨道の石組堅し蝶の昼

高みより我が家をさがす花の雲

花の山大河はすでに海の色

大手門へ向く銃眼や桜まじ

吸盤より小石こぼるる桜烏賊

彩雲を春の虹かと紛ひ見る

更衣今しばらくの車椅子

陶の器の花藻白きを暮光とし

受粉期待たうもろこしの花揺らす

汗の子の父奪ひあふ肩車

藤樹寺根元宝生師遷化さる

夏ぐれや棺を送る男坂

たかんなの三尺ほどが庵の裏

夜の薄暑写楽に謎のまた一つ

死は黒の折紙に似て蚊喰鳥

流れ藻の奔流にのる溝渎へ
牛蛙暗渠の昼を響もせる

真昼ひそか天道虫のカップリング
苔の花夫のルーペを取り出だす

立葵鉄路は古き町を縫ふ

二拍子のリズム遠くに簾捲く

里人の疎水大事に緋鯉飼ふ

裏町の店に切子を削る音

濁流の沈下橋越ゆ晩夏かな

秋燕や礁は沖へたたなはる

僚船へ船笛ひとつ秋の渦

早稲田より昼の余熱を含む風

鷹渡る阿州淡州へだつ潮

鳶の添ふさしば一羽の渡りかな

そこにだけ風あるやうに小鳥ゐる

門川の水音ゆたかに今朝の秋

北国の秋はさだかに馬柵の草
乗り継ぎて一人旅なる虫の声

ためらはず手をとられしは踊りの夜
人は踊り戦の日日を偲ぶ夜

左右の田の闇を乱せる落し水

薄ら日をとらへて返す青蜜柑

雁の棹眉山にまなこ癒すとき
更けてより全きすがたを今日の月

秋の声温故知新は津波にも

小鳥来る和毛二三のまろぶ庭

北海道　十七句

さざ波の運河になじむ蔦かづら

ロシア語の秋風と来る石畳

行灯をともす長夜のたはむれに
日のにほひもろこし畑の戦ぐたび

草の露子らに親しき日高駒

調教のまづトロットに露の朝

母馬の乳《ち》にすがる仔も秋の景

人影の動かば聡し森の鹿

駿馬ゐる鹿狩の音許されず

父祖の地は淡路と言へり夜長人

鹿の声牧場泊まりのはや二夕夜

優駿の像の金色秋澄めり

重賞の馬の余生や今年藁

初めての馬券あたるも秋の興

国道の花野に尽くる日本海

啄木鳥の音聞き澄ます樺林

きつつきよ岬は奈落の日本海
ゆりかもめ橋に催事のある朝

妻と子へ勇気の言葉寒泳す

蒲団もて飛弾くぐりし夜の事

酉の町はづれ遊里のたたずまひ
冬帽子とりて祈りの列に入る

灯台を擁す一島冬ざるる

万物のしんとありたる冬の月

川幅を枯葦占むる落暉かな

寒晴や嶺の余光に佇ちつくす

本殿のみあかし揺るる隙間風

ほそ径はむかし街道風花す

逆光の樹

平成二十四年～二十五年

今は昔餅花かげの割烹着
七日粥どの草となき草の味

日だまりの香は臘梅の三四本

寒の雨野猿の吠ゆる杉林

寒林にましらの声の鋭き移り

冬鶯一ト声に去る疎林かな

父と子と同じ髪型春を待つ

山内に寸を揃へし牡丹の芽

降る音のさだまり春の雪となる

谷底のやうな一村山笑ふ

中腹に一灯うるむ朧かな

華足にも金平糖の春の色

朧夜のひと日遊びし子の匂ひ

青き踏む昨夜の雨滴の残る草

一転の陽気一気に椿咲く

春潮につかる雁木の貝の殻

その中のひとり御歯黒官女雛

托鉢の後ろ姿の朧へと

あしかびに水のわかるる音かすか

花の昼暮石をたたふ句座にあり

三尺の藤房揺るる句碑の前
花屑の嵩を名残と思ひみる

菖蒲田にうすむらさきの風わく日

退屈は消灯後より青葉木菟

青田波誰はばからず試歩の杖

上手には転べない性かたつむり

花石榴いくさのあとの仮校舎
七月の焦土の阿波に生き残る

宙よりと思ふひとすぢ蜘蛛の糸

太鼓橋の木の香かぐはし夏柳

日時計も炎昼少し狂ひたる

蟬殻を脱ぎ了る時掌に受くる

山峡に白瀬のふゆる晩夏かな

眉《まゆ》山《やま》の晩夏の蒼に染まり歩す

眠れない夜はひまはりと対話する
かはほりの通り抜けたる夜気の先

幼木にまだまだ重き青葡萄

さびれゆく街は葉月の月明り

濡るるほど艶は光に棗の実

落暉いまその色を身に烏瓜

秋の開扉けふ観音により近く

毒茸や宮居の坂の片ほとり

日の中を縺れ今朝より秋の蝶

夕かなかな山脈統べる眉の山

豊穣や終る田毎の落し水

漁火の小島こじまにある夜長

球場の三万人の夕月夜
夜をこめて散りたるものに露結ぶ

日裏にはひうらの艶の青棗

祠より高きに撓ふ萩の風

山並のもみづり初めし旦暮かな

木の実落つ誰も知らない我が孤独

一樹にて家晩秋の佇まひ
せはしなき夕日の梢の三十三才

耳凍ゆＬＥＤの花時計

黒潮の蛇行はるかや冬座敷

ペン胼胝のいつしか消えて炉火明り

水鳥やそこだけ水の動く朝

息白く四角にめぐる浮御堂

湖めぐる舳先のさきに冬の虹

体ごと三井の鐘撞く冬はじめ

木戸が鳴る重ね着をする夜の机

モラエスの遺髪真つ白堂冴ゆる

磯波のしぶきに活きる石蕗の花

冬波の音を藻屑に持ち帰る

渓涸るるそがひの疎林日の薄し

花八手ひかげ最も早き闇

日は山に俄冬めく峡の里

八十八番札所大窪寺

原爆の火ををろがむや開戦日

永平寺　三句

あかりの足音をたてず墨衣

濡れし廊雲水わたる寒さかな

一山へ言ぶれの鐘冴ゆる午後

逆光の樹が燃えさうよ冬夕焼

山稜の木立の奥に枯木星

二人で見いつか一人に冬北斗

花の乱

平成二十六年～二十七年

先づ山についで田毎の初日かな

わづかなる暁光と星年新た

初声はいつもの鳥の独り言

野や畑に摘みて揃はぬ七日粥

しつぽまで餡入つてる本戎

何人《なんぴと》も仏性持てり初法話

ふた筋のひと筋暗き寒の潮

青竹の節数裂けるどんどの火

一山を統べ早梅のもゆる色

水底の石日にゆらぐ春隣

早春の匂ひは闇の湿りにも
冴返る使はぬ部屋のいつも九時

別れたる後の春秋庭桜
花に会ふほんの少しを遠出して

結願へなほ三百里遍路杖

一歩一歩辿る力や夕遍路

水べりを水に遅るる白い蝶

明王へ一灯献ず花の昼

お遍路と心経唱和杖の欲し
詣でたる御衣《おんぞ》の裾に牡丹の芽

離るほど紫けむる雨の藤

変はり行く四方に惑はず初燕

蜜蜂をあまた遊ばせ静かな樹
ついて来いとて花虻のホバリング

深更や会ひたき人の星朧

夜半の春子等へいくさの話など

法花谷　三句

宝塔は武者の魂花の乱

庵の屋根しだれて余る桜かな

見つくしてなほ残心の花の山

水音の二タ手に聞こゆ山法師

引く波に取り残されし海鞘の息
昼顔の顔よりちぢむ日暮みち

滴りを受くたなごころ満つるまで

葎より昼の熱《ほて》りの残る風

木苺の熟れて日暮に鳥の影

子かまきりにこれより生きて行く力

ルーペにてやはり蜘蛛の子活字の上

若竹のいびつな円を描く風

天界に雲の破れ目梅雨の月

夏果ての豪雨が削る吉野川

空よりも海昏き日の日傘かな

よき黄色海酸漿の死ぬ渚

病葉の栞賜る雨の句座

奔流に乗らぬ夫なり流灯会

秋彼岸ほてりの続く石畳

待宵の梢を離り地に舞楽

数珠玉へ溝三尺を跳ぶ勇気

木犀を肺洗ふかに深く吸ふ

ふるさとに空の道あり鴨渡る

氏神に拾ひし栗の捨てきれず

文机に斜日とどかず獺祭忌

それぞれの秋を笑まふや六地蔵

身軽さはすなはち孤独月を浴ぶ

雁行の正しさ尾根を越ゆるとき

木に草に雨匂ふなり冬隣

大き冬芽はや合掌の容して

頬杖の夜を重ねつつ霜月へ

客人を猫がのぞきに小春かな

一生に一度と思ふ鶚聞く

生き難し狸もねぐら失へる

雲華やぐゆゑに冬日のありどころ

さからふは冬かもめのみ瀬戸の風

寒波すでに限界集落苛めり

句集　冬北斗　畢

あとがき

上梓にあたり、まだまだ浅学、非力を痛感しております。八十路を迎え感受性、思考力の低下、健康上の不安等身に沁みて感じるようになりました。そこで船越淑子主宰の御多忙も顧みずご相談、お願いを申し上げ万般に亘り大変な労をお執りいただきました。選句、特に身に余る序文、句集名『冬北斗』を賜りました。

前主宰故斎藤梅子先生にも数年間御薫陶をいただきました。先輩、句友の皆様のお励ましやご指導もあっての事と万感をこめて厚く御礼申し上げます。

主人の死後は溜めこんでいた本などを気の向くままに乱読し、のんびり過ごそうと考えておりました。そんな無聊な日々を大きく変えてくれたのが俳句でした。自然とのふれあい、表現の言葉探しの楽しさ深さを知りました。勿論悩むことも少なくありません。しかし今、こんなに整った環境をお与え下さった主宰をはじめ皆様にお教えいただきながら精進したいと思っております。

最後になりましたが、上梓にあたりましてお骨折りいただきました「文學の森」の皆様方に心より厚く御礼申し上げます。

平成二十七年十月

大塚通子

著者略歴

大塚通子（おおつか・みちこ）

昭和10年　徳島市生まれ
平成17年　ふれあい俳句入会
　　　　　「青海波」俳句会入会
平成19年　「島唄」藍碧賞次位
平成22年　「青海波」俳句会同人
　　　　　「青海波」俳句会新人賞受賞
平成24年　「日高駒」藍碧賞次位

現代俳句協会会員・日本俳人クラブ会員

現住所　〒770-8084　徳島県徳島市八万町法花谷172-5

句集　冬北斗《ふゆほくと》

平成俳人叢書
発　行　平成二十七年十二月二十三日
著　者　大塚通子
発行者　大山基利
発行所　株式会社　文學の森
〒一六九-〇〇七五
東京都新宿区高田馬場二-一-二　田島ビル八階
tel 03-5292-9188　fax 03-5292-9199
e-mail　mori@bungak.com
ホームページ　http://www.bungak.com
印刷・製本　竹田　登

ISBN978-4-86438-488-9　C0092